陈铁华 著

云的思绪

九州出版社
JIUZHOUPRESS

图书在版编目（CIP）数据

云的思绪 / 陈铁华著. -- 北京 : 九州出版社, 2017.4
ISBN 978-7-5108-5162-9

Ⅰ. ①云… Ⅱ. ①陈… Ⅲ. ①诗集—中国—当代 Ⅳ. ①I227

中国版本图书馆CIP数据核字(2017)第065884号

云的思绪

作　者	陈铁华 著
出版发行	九州出版社
地　址	北京市西城区阜外大街甲35号（100037）
发行电话	(010)68992190/3/5/6
网　址	www.jiuzhoupress.com
电子信箱	jiuzhou@jiuzhoupress.com
印　刷	北京华忠兴业印刷有限公司
开　本	880毫米×1230毫米　32开
印　张	7
字　数	33千字
版　次	2017年4月第1版
印　次	2017年4月第1次印刷
书　号	ISBN 978-7-5108-5162-9
定　价	26.00 元

目录

一 北国四季

延边的春天 3

夏天北方 5

紫色的海棠 6

蓝莓 8

草原酒 9

我是一根过火的树桩 12

秋枫 14

初秋北方 15

致同学 17

相约在初秋 20

印象承德 25

丹东城雕 27

丹东记事 28

大暴雪即景 30

看双人花样滑冰 32

三九天　长白山 34

北方冬天行记 37

二　西北风

大漠日出（去雅丹、玉门关路上） 53

鸣沙山断想 56

敦煌雅丹 59

雅丹狮身人面金字塔 61

雅丹天外来客 62

云岗 63

悬空寺 66

乔家大院随记 68

晋行记 70

长城无题 73

民族艺术节 75

草原新城 77

兵马俑 79
红色太行 81
春日陇上行 86
布伦口 白沙湖 88

三 云的思绪

云的思绪（写在彩云之南 组诗） 93
高原梯田 110
三星堆玉器 114
九寨沟 116
黄龙 120
题西蜀吊脚楼 122
重庆 123
张家界 126
小村庄 128
徽州随记 130

写在景德镇 132
即景 134
过长江的感叹 135
题椰子树 137

四 故乡情
秋思 141
小城记忆 144
并不想 146
离别时刻 151
你的故事 153
有感 158
是你 159
隐痛 161
随记 162
写在霜降 163

写在冬至 165
题枫叶书签 167
惊蛰 168
雾霾天 170

五 随记

白洋淀记行 175
过沂源（牛郎织女传说的源起地） 185
黄河口印象 187
寿光国际蔬菜科技博览会 189
一位猝然离去的同事 192
看陈晓旭视频 194
断流的黄河 196
赶海 201
日照渔村 203
台风 206

泰戈尔 208

桃花节 210

坝上初雪 212

一 北国四季

一

延边的春天

村村烈士碑
山山金达莱
——题记

延边的春天
冰雪还坚守在
背阴坡的山岭上
金达莱顶着残雪
漫山怒放
山坡上的烈士碑
看着这遍野的鲜花
守卫着田野和村庄

金达莱花啊
金达莱花
你为什么不惧春寒
顶着雪花就绽放
是义勇军的热血
把长白山的土地滋养

烈士碑前
开满金达莱花
延边五月的山岭上
金达莱花傲雪绽放
烈士碑庄严地守卫着
金达莱盛开的故乡

夏天北方

车窗外
舒展着北方的广袤
满眼是葱茏的绿色

一望无际
地平线隆起城市
阡陌上点缀着村落

再向北
起伏着夏日的蓬勃
风舞绿色的波浪
城市渐渐疏远

远处
村舍更小
更见渺茫
更加稀落
白云飘下蓝色的雨滴
无边的绿色把我们淹没

紫色的海棠

在故宅的庭院里有一棵紫色的海棠

——题记

寂寞时

我想念北方

想念北方的秋色

想念那株紫色的海棠

紫色的海棠

透着淡淡的酒香

是秋月下闪烁的星辰

挂在青春的天堂

紫色的海棠

透着淡淡的酒香

醉了青春的岁月

醉了秋天的阳光

透着淡淡酒香的紫色海棠

根须扎进我的肢体

花朵开在我的心上

我愿是你扎根的黑土地

握紧你的根须

做你立足的根基

支撑着你的躯干

愿你在冰天雪地中

一树银花

在狂风暴雨中

傲然站立

春来繁花似锦

秋日硕果满枝

蓝莓

像秋空的夜幕
莹莹闪烁的蓝色星星
坠在碧绿的草丛
草甸上 河渠旁
低矮的灌木林里
你像羞怯的姑娘
躲闪着含情的眼睛
不需显赫的位置
不占据美丽的风景
身与野草为伍
生与灌木枯荣
在遍是草根的土地
把甘甜凝成蓝色的梦
微光荧荧
坠在绿色的草丛
为什么
你只爱这兴安岭的土地
只有它
能给我无际的绿色天空

草原酒

——在蒙古高原上
酒是人们的第一饮料

黄河的水浑浊
酿成的黄酒也浊
几口没有感觉
几杯失去自我

伏尔加河清澈
河水茫茫一片冰冷
伏特加是驱寒的火
火光照亮了哥萨克
要是没有酒
哥萨克就不知道怎么活

恒河圣水酿的酒
能冲淡你的七情六欲
能把你的魂儿带走

草原上离不开酒

醉眠芳草的英雄

什么酒都能喝

像骏马吸吮着草汁的绿色

醉眠芳草

梦游天国

草原人什么酒都能喝

醉里梦眠芳草

梦里魂游天国

马背上像风一样飞

草滩上像狼一样卧

一醉方休 融入绿色

草原人的性格

就是酒的性格

缠绵得像河水

暴烈得能点着火

草原上

酒就是歌声

酒就是欢乐

酒就是脾气

酒就是性格

酒是浸润心灵的湖水
酒是胸怀流淌成的河

醉眠芳草
广阔的大草原
是我的床榻
梦游天国
九天上也是
蓝天 白云
绿草如茵的家乡景色

马群跑向平缓的山坡
悠扬的长调从天边飘来
长风在高原吹过

我是一根过火的树桩

在大兴安岭过火的林区，人工林和次生林已覆盖了起伏的山坡，在林木的间隙仍然可以看到过火的枯树桩站立，随记之。

我是一截
山火焚过的树桩
一直坚守着
出生立脚的山冈
你是一尊雕像
立在我残损的肩上

横断面记录着年轮
纵剖面枯干着忧伤
燃过山火的土地
已被树木盖上了新绿
我还是那根
枯槁的过火树桩

要把你的雕像
高高地举起
我的根系长出了新枝

在过火的山冈上
我充实着新的肢体

树木是你的形象
花朵是你的颜色
露珠是你的泪滴
浸在我焚焦枯干的心里

我依然固守着
这片过火的土地
用新生的根须
支撑干枯的躯体
你是一株葱郁的绿树
要把你在这片
山火焚过坚冰压过
洪流冲过狂风掠过
的土地上
用绿色的希望
高高地擎起

秋枫

萧索的旷野里
你兀立着
用孤独、静默
彰显出你的个性
你的风格
在你的躯干里
默默沉淀着
春的温暖
夏的潮热

在期盼着时光的轮回
用灿烂渲染出本色
把热烈和向往
升起了烧天的火
点燃了朝霞的霓彩
映红了黄昏的山坡
把阳光一丝一丝扯下
一片一片撒开
一叶一叶飘落
飘落、飘落

初秋北方

初秋的田野上
水稻葱郁着嫩黄
像秋日洒落的阳光
嫩黄铺展到山脚
用叠加的平面
错落的剪切着山坡
长短不齐的水平条纹
描绘着环曲的山冈

玉米莽莽苍苍
淡淡的红褐色的穗子
在浓郁的绿色上
撒了一层浅浅的胭脂
像是初秋的浅艳
羞涩地衬托着
连绵起伏的深绿

绿色的山丘高高低低
像夏季绿色的波涛
随风奔涌到远方

溶释在绿色的天际

密密的树林
稀稀落落的村舍
通向林间的小路
晴空温暖的秋阳
田野边艳艳的花朵
还有农民爽爽的谈笑
还有秋风摇曳着的硕果
都在宁静地期待着期待着

枫叶刚被细雨染黄
林子里的山果已经着色
广袤的黑土地上
悄无声息地
在孕育着
秋天的收获

致同学

题记：同学们又在安排聚会事宜，我们大多数都在退与待退之际了！一回首三十多年已成往事，毕业之际还似昨天一样历历在目，感慨良多，写几句话，也许不合时宜，权作抛砖吧。

其实什么也不用说
时间又划下了
一条起跑线
只是我们不在
一个地方
用同样的步子
一起跑了

其实真的不用
不需要华丽的辞藻
丰富生活的落寞
不需要精彩的乐章
弹奏岁月的蹉跎
这些都不用说
时代已经把这些
镀成了我们的肤色

还有 还有
在阳光下曝晒
洇湿的梦境
在炫彩的光谱中分辨
理想本真的颜色

还有前行道路上的坎坎坷坷
还有未来和现实间的纠葛错落

还有 还有
无奈中的苟且
梦中的身影
远方风景的过客
浪漫的情怀
缥缈云际的传说
其实 什么也不用
三十年的光阴
把这些都一笔带过

其实 就是要看一看
用青春着色的底片
是否已改变了许多
要再次握一握手
感觉那份温热

要再次对视那纯净的眼神

是否有雾霾飘过

要再来一个满怀的拥抱

让脸颊逸起红晕的羞涩

这些就够了 够了

真的 真的

真的什么也不用说

来吧 干杯 喝!

相约在初秋

一、聚会记

1.1

醉后不知酒浓淡
别离始晓情深浅
台风带雨过江城
特为聚会洗山川

1.2

枫叶未红稻已黄
雨后大地着秋装
粤鲁辽浙京津聚
旧貌新颜细端详

1.3

榆树大曲泸州窖
珍馐美味花样俏
酒酣情浓话语稠
海角天涯入谈笑

1.4

资深美女老帅哥

往事如烟竟蹉跎

如今已是祖辈人

同唱校园青春歌

1.5

聚散本是平常事

猴年马月又相聚

时长见老来客少

仍旧一身书生气

1.6

五虎岛上雨初晴

云遮青峰雾绕城

松花盛宴山海顺

三花五罗情谊浓

1.7

班长支书又发威

领唱伴舞频举杯

红黄白啤果汁茶

七彩琼浆润歌飞

注：1.2016 是猴年，农历七月恰巧为十二属相中的马月。故称之为

猴年马月。

2. 三花五罗是松花湖里的优良鱼种，均为有鳞鱼，当然也有小黄鱼、鲶鱼、嘎牙及一些叫不出名字的鱼类，三花五罗即多之概称。

3. 山海顺是聚会所住的度假村酒店。

4. 微信群有 28 人，报到 15 个，故称来客少。

二、游龙潭山

2.1

初秋趁露别丰满
相约再登龙潭山
水不在深驻蛟龙
山不在高镇江川
龙潭印月林中隐
虹桥跨江波上悬
俯仰环顾天地秀
风携白云过蓝天

2.2

一方碧水通幽冥
千寻铁索困蛟龙
岗顶凹地聚泉水
谷底凸林散清风
深潭源脉连东海
高碑圣迹驻北营

天下第一江山美

犹忆天元战江城

2.3

绿荫环绕农家院

艳阳高照笑语喧

酒醇引来潭底龙

菜香熏醒洞中仙

又对故人思故国

且将新辞赋新篇

吉林遍设天下宴

江南丰满龙潭山

注：1. 龙潭印月为吉林八景之一。

2. 在吉林北山景区有“天下第一江山”牌坊。

3. 清代康熙、乾隆皇帝均到吉林视察过，在龙潭山、北山、船营都有遗迹。

4. 上学时曾经逃课到吉林，与吉林棋友对弈，当时称天元战。

5. 聚会选择在江南、丰满（松花湖）、龙潭山。

三、同学夜话

松花湖水清

度假村幽静

风雨过秋山

草木更葱茏

夜半话如泉

往事倍牵情

窗外云遮月

屋内愁掩容

五更无眠意

一对白头翁

曦随晓雾启

催眠鸡又鸣

半世一宿间

梦成旭日升

四、别后感

寐不成眠费思寻

乘风而来聚吉林

雨洗江城添苍翠

雾漫山川绕祥云

卅载谈笑嫌夜短

三天音像尽在群

俏言戏语谐新意

醇醪佳酿醉故人

注：同学聚会报到之时，正好与台风狮子山相重，台风带雨横扫吉林全境，部分同学乘飞机赶来故称乘风而来。

印象承德

沿河两岸建城
在庄园外设市
一片皇家的苑囿里
却洋溢着
一派繁忙的市井嘈杂
一座座庙宇森严的注视下
却充满着
一片热闹的红尘气息

站在七沟八叉的大山中
躺在九曲十弯的河滩里
标注在微缩中国的沙盘上
生活在帝王
烟雨江南的旧梦里

承德
分明是北方的山城
却有着江南的秀气

承德

避暑山庄分明在
燕山的腹中
外八庙仿佛坐落在
遥远的西域

山川兼容南北
文脉横贯东西
是北国的江南
是东方的西域
避暑山庄在城中
城在皇家苑囿里

丹东城雕

迎着激流向前

小船劈波斩浪

健壮的水手奋力划桨

一个浪涛涌来

小船颠到浪尖上

使劲划呀

冲开汹涌的激浪 ......

鸭绿江上平常的景象

在这里凝固下来

在时间的河流里远航

用昨天的生活

塑成一个城市

今天的形象

丹东记事

硝烟早已散去
炮声已成为久远的回忆
昨天的故事庄重的
陈列在纪念馆中
光荣成为你的名字
丹东……英雄的城市

鸭绿江奔涌着你的豪情
锦江山飘扬着你的旗帜
你送走了多少祖国儿女
凯旋的是英雄
未归的是永生的烈士

不管你住在哪里
不管你有多大年纪
只要你走进这座城市
你就会走进
一段共和国雄壮的历史
你就会熟悉
一群共和国英雄的名字

黄继光 邱少云

罗盛教 杨根思

也许你会想起

《上甘岭》

《英雄儿女》……

也许你会看到当年

《铁道卫士》

留下的足迹

让我们对着鸭绿江

同唱“一条大河、波浪宽”

让我们再一次喊出

那激越的船公号子

聆听那昂扬的汽笛

丹东 英雄城

美丽的江城

光荣属于你

大暴雪即景

大雪漫天飘

倾倒琼瑶

柳絮舞山川

荻花铺街道

一时间疏了林稍

白茫茫隐了溪桥

艳似冬日寒梅裹枝绽

俏胜春来梨花沁香飘

美

此景天公造

一夜北风嗥

袭来寒潮

湿冷浸肌肤

敛却衣裙俏

大街上少了行人

操场里孩童玩闹

进入冬日喜迎头场雪

胜如初春瑞雪增丰饶

妙

意兴乘雪飘

看双人花样滑冰

初恋一样缠绵
冰原鹤舞
玉山凤鸣
你牵着我的行踪
我追着你的梦
在水晶的宫殿里
我们御风而行
和你相伴
和你同程
扑到你怀里
期待着爱的鼓舞
拉住你的手
渴望生命的从容
在你的托举中
我展示着凌空的神采
在你的绕旋下
我秀出飞天的靓影
在相拥的一瞬

定格出动态的永恒

冰上的舞 闪光的梦

透明的爱 飞旋的人生

三九天　长白山

1.1 登山

冰一程

雪一程

踏冰蹚雪向山行

彻骨寒风迎

山一程

岭一程

山岭逶迤舞银龙

白山冬正浓

林一程

村一程

林隐山村瑞雪封

炊烟袅袅升

阴一程

晴一程

阴晴瞬变铅云凝

攀登增豪情

1.2 过双城怀念父亲

雪封平原寒千里

雾漫村庄遮万家

胸怀家国忧思缠

肝胆荣辱愁谁察

十年一梦事事废

千疮百孔处处痂

若无金秋响春雷

岂有盛世大中华

注：从 1970 年初到 1976 年末，全家随父亲下放走“五七”道路，到黑龙江省双城县单城人民公社正善大队梁家屯插队落户，1976 年末父亲落实政策回城；金秋响春雷指 1976 年 10 月粉碎“四人帮”。

1.3 悼岳父

生逢乱世在中原
命如飘萍身孑然
血气方刚赴国难
慷慨高歌援朝鲜
百战不死凯旋归
鞠躬尽瘁仍戍边
西去又随梁兴初
还是麾下兵一员

北方冬天行记

1.1 北方

白雪覆盖着
连绵起伏的山川
奔腾的势态
涌动出遥远的天际线
仿佛 在茫茫的雪野
蛰伏着
沉寂静默的东北虎
茂密的林木衬着雪色
像毛茸茸的条纹
在洁白的底色上染着斑斓
啊北方
茫茫的北方
啊林海
浩瀚的林海
啊雪原
无垠的雪原
严冬秀出你的凛冽
空旷铺展你的辽远

挺立的青松绚着青翠

飘动的白云衬着碧蓝

白雪覆盖着山脚的小村庄

白桦林丛生在小路边

春联绚着红火的祝福

雪花敷着灯笼的红艳

广袤的原野蓄积着勃勃的生机

冬天把北国装扮得

山山雪花舞 村村起炊烟

北国的冬天 面容姣好

北国的冬天 生机无限

1.2 冬

北方

寒意正浓

三九天抖擞着冬的凛冽

天地皆白 原野冰封

北风携着雪花肆意横行

山岭上积满了白雪

树木像大山稀疏的皮毛

在一片肃杀下

梳理着冬容

小河已不在喧哗

板起了幼稚冰冷的面孔

山村

山路弯弯

山村

烟气袅袅

山村

在大山的臂弯里

休养生息

山村

在白雪的围裹中

沉寂宁静

那高挑的红灯笼

像大山盼望春风的信报

遥遥地瞩望深远的碧空

等待雁阵归来

听那长空雁鸣

1.3 山

不甘平坦

于是起伏 于是陡峭

于是曲折蜿蜒

沟壑万丈峰峦摩天
把地平线折出了波澜

从辽东半岛起始
到图们江的入海口岸
长白山
似无边的遮天屏障
呵护着广袤的北方平原

看
覆雪的山川山连山
看
高耸的山峰接云天
看
茫茫的雪野银铺地
看
山间的村庄起炊烟

浩瀚的北国
莽莽的山川
雪花飘洒着悠然的闲适
空旷蕴含着宁静的悠远
图们江和鸭绿江
可是你抛向大海的飘带
一条飘向东北

一条飘向西南

松花江和牡丹江

可是你滋润黑土地的灌渠

辛勤的浇灌着东北平原

四季不歇的天池

涌出养育北方的甘泉

山啊山

北方的山川

储满了宝藏沃土

广袤丰饶的家园

1.4 村庄

在冰雪中

村庄冻得坚硬了

你不刚强

怎么能抗住北方的严寒

老树的枝丫突兀着

在寒风中瑟瑟的抖动

没有叶子挂在枝头

像一个裸身的老人

黑黝黝的树干布满褶皱

山路起伏在雪野里
路边印着零乱的脚印和车辙
村舍顶着厚厚的积雪
显得有些矮小单薄

横斜的树篱笆
把院子隔成不规整的方格
菜畦上的白雪
铺出田垄的起伏

村庄
一片肃杀
一片荒凉
一片落寞
一座座挺立的烟筒
袅袅地吐出蓝色的炊烟
把憋不住的热心话儿
和冰封的大山诉说

1.5 树

题记：从沈阳——吉林——图们，一路上基本是与长白山并进前行，沿途穿行在长白山脉的山区，车窗外到处都是树木映入眼帘。

不管在平原还是在丘陵

不管在山脚还是山冈
在北方的土地上
到处都树立着你的形象

你在平原
就把大地划成网格
高高地擎起纵横的屏障
在黑土地上隆起林带
把剽悍的风沙阻挡

眼前的丘陵
可是造山时涌来的波浪
树木似浪花浮动
把奔腾的动态推向远方
也许丘陵逶迤的动感
更有利于你的生长

在山冈上
就和同伴成林
在山脚下
就守护立足的土壤
春风吹
为大山挂满山花
雪花飘
就像皮毛守护在山冈

在村庄
就树立起村庄的轮廓
在河滩
就坚守在蜿蜒的河床

即使站在路边
也排列着前进的方向
即使独立在荒野
也舒展着对蓝天的向往

不孤独
不惆怅
根须和泥土结成一体
叶子和野草一起枯黄
春来播撒彩色的花香
夏至撑起绿色的荫凉

哪怕是雪花漫天
哪怕是冰封万里
你从不躲避
从不退让

和北风一起呼啸
用雪花为枝干着妆

忽如一夜春风来

琼花开满枝上

顶着水晶的头饰

挂着白玉的徽章

在空旷的雪野里

你最出彩

你最漂亮

玉树临风一身银装

秀出冰清玉洁

晒出超凡脱俗的形象

树啊 树

北方的树

披着树挂粉墨登场

你可曾在广寒宫里生长

吴刚和嫦娥把你培育

用一袭银装素裹

用晶莹的雪野冬装

点缀着冬日的山川

扮俏北国风光

1.6 原野

白雪

覆盖着北方
空旷的原野上
一片单调
视野一片苍茫

河水已冰冻
固态的水无法流淌
雪野一片肃杀
远方弥漫着空旷苍凉

只有岸边的树丛
突兀着褐色的枝丫
坚守在立足的土地
标出河道前行的方向
弯弯曲曲地指向远方

在更远的遥远处
河道已失色
白色到处张扬
在更淡的淡淡处
在渐渐被迷失的地方
树丛像一笔洇开的淡墨
在严寒中流淌
歪歪扭扭艰难地跋涉
蹒跚在无垠的雪野上

1.7 山路

山路蜿蜒
大山横亘在眼前
高耸
白云在山间盘旋
酷寒
冰峰雪岭银光闪闪
险峻
危壑巉岩叠嶂回峦

一条路
铺展在空旷的荒野
从远方的遥远
一寸一寸向着大山蜿蜒
山高挡不住前行的方向
只是提升了你的海拔
只是增加了路途的壮观

雪岭冰峰
狂飙严寒
更烘托了你的境界
更拓展了你的视线
你的性格

从来都是
不畏阻碍
不惧艰难
百折不挠
越是艰险越向前

冰川万丈
险峰巉岩
只有这里才锻炼体魄
只有这里才视野高远
到这里才磨砺跋涉的豪情
到这里才饱览风光无限

鲁迅说；世上本无路
走的人多了便成了路
不知道什么能阻碍你前进的方向
不知道什么能隔断你向前的发展

铺展在大地上
朴实平坦
穿越在山岭中
步履云间
就是从隧道里钻过了大山
路的前方还是路
山的上边还是山

天的上边天更蓝

路啊！ 路！
前行的路
自你开始了起步
一直到现在
还没有达到终点

1.8 长白山冰河

只要不平 你就流淌
没有闲情在高处映云照月
就是在天池里
也要渗出
汇成小溪
也要涌出
流成瀑布
穿山越岭一路欢畅

阻碍使你喧哗
暗礁使你激荡
遇到大山你回旋曲折
穿过沟壑你蜿蜒向前
从不改变自己的向往

和泥土岩石树丛野草相伴
为天鹅洗浴与百鸟对唱

虽然现在结成了冰
有了硬度 有了形状
你还是
一片平实 一片坦荡

铺筑一条水晶路
结成天然的滑冰场
冰刀滑出轻快的流线
雪橇印上平仄的诗行

长白山的冰河啊
在冬天的停歇
在冰雪下的寂静
是积蓄着春天的激荡
总要奔腾向前
只因心在远方

二 西北风

大漠日出（去雅丹、玉门关路上）

拂晓的朦胧越来越淡
天空由无际的墨青色
渐渐地淡化
稀释成一片深蓝

极目四望
一样的景象
一样遥远
一样的色彩
一样平展

也许这里是
乾坤运转的轴心
也许这里是
混沌开始的原点

期待着
期待着时光轮回
眺望着
眺望着空间伸展

鱼肚白

泛起在天边

朝霞红

燃烧在地平线

啊 太阳出来了

多么壮观

戈壁的面纱正慢慢掀开

天空的色彩渐渐浅淡

太阳腾出了地平线

新的世界

新的一天

展现在眼前

走吧，到玉门关去

到罗布泊去

去瞻仰古关雄风

去唤醒魔鬼城里

酣睡的梦幻

让戈壁的悍风

激励我们的豪情

任风沙雕蚀的形象

拓展我们视觉的景观

天气晴朗阳光灿烂

蓝天白云沙漠浩瀚

我们要走进

风蚀的地质奇观

抚摸那黑色的戈壁

红色的雅丹

鸣沙山断想

夕阳下的鸣沙山
沙脊蜿蜒出了
浪漫的曲线
阳光给沙丘铺满了温情
细细的沙层格外柔软
40° 的陡坡沙体松动
迈一步退半步跋涉艰难

夕阳越来越红
山的剪影对比出
强烈的明暗
月牙泉如一弯新月
在大漠黄沙的围护下
淡淡地映出
清秀的颜面
秋空是这样高远
柔和的日光仿佛在催促
爬到沙山上
站得高看得远

夕阳压在了远山

我们终于登上了鸣沙山

满天彩霞在天空绚着烂漫

沙脊的曲线在婉转变换着明暗

转眼间新月挂在了天边

不知是月牙泉已渡上了天幕

还是新月变成了月牙泉

鸣沙山、月牙泉

这天下奇观就这样近在咫尺

千年相对长相厮伴

月无言只有多情的瞩望

望眼欲穿

山相拥时有深沉的呼喊

感动山川

于是月牙泉和鸣沙山

就这样相望

望得地老天荒

于是鸣沙山和月牙泉

就这样相唤

唤得感地憾天

你听 入夜的鸣沙山

又发出轰响

时高、时低、时续、时断

如激昂、如深沉

似高亢、似缠绵

你看含蓄的月牙泉

泛起了涟漪 一圈一圈

敦煌雅丹

剥蚀的岩壁
裸露出凸凹的剖面
沉积的沙砾岩
和层叠的泥质页岩
胶凝在一起清晰可辨
无形的风雕出了
鬼斧神工的奇幻

漫天的阳光挥洒
橙色尽情地渲染
百万年的风水
塑造了你今天的体形
十万年的光阴
浸染成你赭黄色的容颜

也许
十万年后
你将风化成沙砾
平展成戈壁

也许

十万年后

你将化身如尘

魂飞九天

注：雅丹是沉积岩经过长期的风蚀后形成的地质地貌，现有的雅丹正在逐渐消亡，但长期的风蚀也会产生新的雅丹。

雅丹狮身人面金字塔

你是有灵魂的吗？
驮着巨大的金字塔
从尼罗河畔奔来
你是在讲一个预言吗？
也许一万年后
金字塔和狮身人面
将剥蚀成你的现在

尼罗河畔的风沙
日夜不停地风蚀着金字塔
罗布泊的湖水早已枯竭蒸发
孔雀河的河道
已经迷失在风沙中
像是被遗弃的胡杨
孤寂地站在天涯
大自然在风水中雕琢着
大地的表情
用一种极限的状态
反证出曾经的繁华

雅丹天外来客

你来自哪里
原籍在哪个星球
怪异的形象
让我们无法评判你的美丑

戈壁的悍风是否
已把你的灵魂带走
只留下一个僵硬的身躯
在戈壁上瑟瑟发抖
任那风沙日夜磨蚀
哪管体形连年消瘦

也许楼兰姑娘
定格了你最后的记忆
也许你还在向往着
那时的罗布泊
今天已干涸了的
曾经水草丰美的绿洲

云岗

武周山上绿色稀疏
土黄色的围墙守护着山冈
放眼望去
裸着土黄色的岩石
构筑成土黄色的墙体
像线装书一样
展示着泛黄的沧桑

在深秋的季节
更凸显黄土高原的苍凉
山下就是云冈石窟
连绵的山壁雕塑着佛像

天国的世界
总是令人向往
现实的石窟中
塑着天国的群像

五代开始了
中国的北方战乱动荡

北魏越来越强
佛教是他们兴国的信仰
于是 在壁立的山岩上
凿出了虔诚的云岗
又带着无比的虔诚
把国都迁往洛阳
在伊川继续刻凿佛像

从龙门石窟回溯
你能看见熟悉的云岗
在云冈的塑像中展望
你可看到天国的模样

几缕夕阳透过窟上
窟内的群像在光影下
熠熠生辉
好像是从天而降
好像是在欢聚
要凌空而去飞往天堂

天国离我们是这样近
就在这闪光的群像中
仿佛它离我们又那样遥远
在发出光芒的地方

好像是远不可及

好像是难以想象

悬空寺

紫宫玉殿
像一片浮雕
镂空了壁立的山岩
脚临百丈深谷
头顶万仞危岩

悬、悬、悬，道最难
栈道半挂在云间
攀、攀、攀，路径险
身在天宫欲飘然

释，道，儒
三宗同奉
仅此一例
别无分殿

儒学治世
修齐治平为天下
佛法修心
慈悲为怀普度众生

道家修身

道法自然劝人向善

云雾间

是谁在披笳承钵

天宫中

是谁在起灶炼丹

不见比丘诵经

没有仙姑修炼

只有山风袭身爽

只有岚雾出岫晨昏间

玄空寺、寺空玄

已无僧尼已无仙

唯有临空紫宫在

唯留诗仙千年叹

“壮观”

乔家大院随记

走了万里路
故乡还是原点
挣了亿万千
家宅还是储钱罐

走西口
西风古道丝绸路
戈壁大漠滚石天山险
走北口
河溯雄关断云天
罡风漫卷黄沙人烟远

走西口，走北口
只为亲人不再走
历千辛，经万险
阅尽人间百态
尽尝世上冷暖
落叶归根沃故土
大兴土木建家园

在灰暗的青砖院落里

墙体记录着生命的账簿

房间储存着人生的悲欢

金钱堆积出梦想的空间

晋行记

中国的煤炭
好像都埋在
这片黄土地的下面
太行山和吕梁山
广布着沧桑的沟沟坎坎
从大同到晋城
天空上烟气迷蒙
城镇上到处都弥漫着
硫磺味的煤烟

汾河的流水
什么时候变得这样浑浊
深厚的黄土梁峁下
埋藏了多少矿难

杏花村的汾酒
还是那样的醇
平遥的老陈醋
还是那样的酸

矿难 烈酒一样

麻醉了

绿色稀疏

沟壑纵横的黄土地

痛苦 陈醋一样

浸透了

矿工的辛酸

何时

这干涸的土地

不再污水漫流

何时

这天空

不再弥漫着煤烟

何时

这矿井

不再传来噩耗

何时

梁峁上

绿荫连着蓝天

何时

汾河的流水

荡起清波奔涌
去稀释那黏稠的黄河

何时
恒山和吕梁山
撑起绿色的屏障
遮蔽那漫天的沙尘

何时
这旷野上
杏花飘雪 香满山塬

待到那
清明时节的雨
洒在清澈的汾河湾
黄土高原浩荡的长风
吹过碧绿的山峦
牧童的短笛
引着夕阳送归的牛群
在杏花村的酒旗下
我们把酒望云天

长城无题

为了破解可怕的谶言
刚刚统一天下的帝王
修筑了防御胡人南进的工事
它长得超过了人的想象

筑城的百万军民
在崇山峻岭中砌筑着
天下承传万世的梦想
巨大的第一帝国
却努力地走向灭亡

严苛残暴的王法
压不住陈胜、吴广
为生存举起的刀枪
大泽乡的暴风骤雨
延误了一群戍卒
北上的行程
却加速了第一帝国
走向灭亡

人民愤怒的洪水
冲溃了天下万年的堤防
用指鹿为马的把戏
奸宦消除了多少异己
屈死了多少忠良

胡亥二世皇帝
却像木偶一样
被赵高玩弄于股掌
千秋的基业
真的“遇胡而亡”

万里长城今犹在
不见当年秦始皇

民族艺术节

你的脸像圆圆的月亮
把软软的柔光
注满我的心窗

你的脸像圆圆的月亮
婇媚的丽
引得我热血潮汐

你的眼睛像晨星
遥遥地深情注视
传达着月亮的叮咛

你的眼像晨星
眷恋着深蓝的天幕
让我追寻着第一束黎明

你的长发飘起
指引着风的方向
鼓舞我的心旌
猎猎地飘扬

你的长发飘下
像尼亚加拉的喧哗
我用海一样的胸怀
把那瀑布的清波盛下

黑黑的你的长发
垂挂的夜幕一样
丝丝缕缕的纱帘
遮蔽在我的在心上
轻甩飞起的一丝微凉
拽着我的思想

草原新城

在康巴什新城

平旷的草原上
一座新城在迅速成长
塔吊拉起平展的天际线
喧嚣的工地一片繁忙
高楼林立大街宽敞
街上的绿化带里
乔木高撑灌木成行
草坪一直连接到
绿色的草场

行人稀少街衢空旷
轰鸣的工程车
扬起尘土和泥沙
急躁的拼抢、奔忙
长江和淮河的口音
把这里变成家乡

夕阳下 羊群牛群

涌在街上

入夜的城里一片寂静

只有灯火在工地上闪亮

究竟是这里的人们

都离别了家园

还是他乡的人

不适应这个地方

一边是建设的火热

一边是空旷的荒凉

兵马俑

征服六国之后
你们就一直列队等待
那冲锋的战鼓
至今仍然没有响起
你们就穿越时空
等待 等待 ......
一直等到现在

你们是
长平之战的将士吗
武安君白起
可是你们的统帅
你们可是横扫六国
统一天下的无敌之师
奠基了第一个帝王的千秋梦
那个不醒的梦
又把你们陪葬
骊山下的皇天后土
又把你们掩埋

渭水依旧东流去
阿房宫只在辞赋中站立
雄伟的潼关风化成
一个地名存在

只有你们
还是那时的衣着
那时的姿态
还是那时的队列
那时的气概
千年过去了
又一千年过去了
在千秋的梦魇中
你们等待的时刻
刻成了永恒
在静止的空间里
坚守成永恒的状态

红色太行

1.1 引言

壁立千仞叠嶂回峦
殷红的山岩
像霞光浸染
沟壑纵横
峰峦连天

巍峨的太行
像嶙峋的巨龙
蛰伏在大地
踞守着古老的华夏
俯瞰着万里江山

走近太行山
就翻开了一部
汗水和鲜血浸染成
丹崖镌刻的
殷红的岩石古简
走进太行山

好像置身在
色彩缤纷的画卷

太行山的秋色
绯壁红岩 林花烂漫
山川如染
太行山的秋色
绚丽如画 气象万千
天高云淡

1.2 太行丹霞景观

秋山红岩添新色
太行山上路坎坷
崖边野菊花摇曳
林树青少黄渐多
危岩叠嶂矗绝壁
深谷悬瀑震幽壑
恰似银河挂丹霞
吟唱山水秋韵歌

1.3 天界山

豫晋分界在此山
峰峦壁立临深渊

谷底清溪汇山水
岭上古树撩云天
峭壁盘旋惊魂飞
穿嶂凿岩天路险
愚公后辈更发奋
太行万嶂续新篇

1.4 郭亮村

元末明初天下乱
申姓举族隐此间
绝壁围合猿难上
巉岩临空鹰盘旋
云间险境辟天地
崖上石隙筑家园
出入穿行阴阳界
上下攀爬天梯险
十三勇士创奇迹
凿通千嶂太行山

1.5 宿农家院

沿路林下开客栈
节日游人已爆满
夜来水声入梦乡

晓起山雾漫窗前
傍山临水景色佳
热情朴实人和善
何处溪畔欢声起
乡村盛情篝火宴

1.6 进绝壁景区

晨起天未亮
夜雾尚迷茫
进山排长队
入口人喧嚷
通道往复环
曲栏似回肠
摩肩接踵挤
大巴车成行
登车向高处
盘旋上太行
轮边千寻壑
绝壁挂长廊
临窗瞰深渊
胆寒心发凉
丹霞旭日升
红岩染朝阳
雾淡景渐秀

崖畔山花香

太行迎朝晖

万山共辉煌

1.7 晋豫关

峡谷幽深溪蜿蜒

岭头横镇豫晋关

隔壑就是王莽岭

脚下犹在天界山

登临绝壁魂惊飞

俯瞰危岩胆犹寒

探头跨界进山西

只身未动在河南

现代愚公开新界

辟出仙境连九天

春日陇上行

1.1

黄土塬上草木稀
川下麦苗绿依依
暖日融融催万物
和风煦煦摇千枝
柳烟乍浓未遮鸟
杏花初绽透春机
沿途高铁架新桥
一日千里到陇西

1.2

黄土崖畔万丈壑
塬高壁陡势险恶
水冲风蚀如斧凿
雕出高原真本色

1.3

大川婉转气势险
川下河流浊又浅
滩上碱渍白如霜

风过黄尘扑满脸

1.4

春到陇上农时早

撒肥犁田争昏晓

地块零散崖峭外

翻土播种挥锹镐

1.5

播种培垄压地膜

保水保墒保苗活

祈愿天公降甘霖

为我陇上布恩泽

1.6

陇上人无半日闲

农时墒情不可延

一年之计在于春

滴滴汗水换粮棉

1.7

一棵树苗一片绿

栽下希望遍大地

待到陇上树满川

鸟语花香写春意

布伦口 白沙湖

雪花一样晶莹
石英的梦散成晶莹的雪花
像雪花落满山川
在湖畔和山岭上飞洒

比冰川更坚定
比雪山更永恒
不管是在冰封的严冬
还是高原的盛夏
你的雪线坚定不移
皑皑的冰川从不融化

山川里到处都是
石英的雪霰在铺洒

白沙湖啊白沙湖
绿色的波浪溅起白沙
透明的风裹挟着白沙
平坦的湖岸铺展着白沙
布仑口的劲风舞动你的梦

梦想在阳光下闪烁
像风中的雪花漫天飘洒

闪光的雪霰从碧空飘下
在蓝天上绚出银色的梦
在帕米尔的山川
绽放遍野晶莹的花

三 云的思緒

一

云的思绪（写在彩云之南 组诗）

1.1 彩云之南

彩云之南
是连绵的群山
青翠的山林
在红色的土地上铺展

彩云之南
是湛蓝的天空
染着霞光的云朵
在碧空上绚着烂漫

彩云之南
是春天的家园
绿色田畴上蓬勃着春苗
满坡的山花儿竞放争艳

彩云之南
是鲜花的故土
给北方的寒冬

送去馨馥的斑斓

彩云之南
是民族的乐园
特色的民族服饰
像随处都在进行着时装表演

彩云之南
是山河汇聚的高原
三江并流气势磅礴
积雪的山峰穿破云天

彩云之南
是歌舞的圣殿
大山牵着彩云歌唱
江流舞着浪花向前

彩云之南
是五光十色
丽江的流水吟着纳西古乐
香格里拉的篝火照亮了雪山

彩云之南
是七彩斑斓
洱海边憩着孔雀公主

葫芦丝在椰子树下缠绵

彩云之南
是心中的红土地
彩云之南
是生命的植物园
彩云之南
是民族的大家庭
彩云之南
是民俗的博物馆

彩云之南
淳厚的民风朴实和善
奋进的人民勤劳勇敢

彩云之南
是生机勃发的画卷
是色彩缤纷的诗篇
那神奇瑰丽的景色
总是在心海涌动着波澜

啊 美丽的彩云故乡
啊 美丽的七彩云南

1.2 滇池

彩云是你的岸堤
浪花追逐着夕阳
把云朵的色彩冲洗

西山是你的岸堤
他匍匐在你的身边
任你嬉闹着潮涌浪击

海埂是你的岸堤
花朵摇曳着翡翠的光彩
和涟漪悄悄细语

海鸥是你的信使
衔着贝加尔湖的爽风
带来雪花对春城的致意

春天是你的思绪
当红嘴鸥乘着季风启程
你的问候
像春风携来春雨
滋润出大地缤纷的花季

1.3 石林

我对着石林喊
阿诗玛在哪里
高耸的岩石群雕回应着
阿诗玛在这里

我对着清澈的湖水问
阿诗玛在哪里
浪花波动着涟漪回应着
她刚刚还在这里梳洗

我对着青翠的山林问
阿诗玛在哪里
花香从林中飘来
婀娜的花朵轻轻摇曳
可是遮掩着阿诗玛的足迹

我对着湛蓝的天空问
阿诗玛在哪里
彩云飘下细雨
细雨迷蒙的湖畔倒影
可是阿诗玛朦胧的影子

阿诗玛啊 阿诗玛

你究竟在哪里 在哪里

到什么地方才能找到你

像春风融融在吹拂

像彩云渲染着虹霓

你在小河淌水的山寨

你在远方客人留驻的街衢

你在遍野生机的红色土地上

你是美丽的撒尼姑娘

------- 骄傲的自诩 -------

1.4 丽江

疑似江南水乡

小桥流水悠闲的韵致

风和日丽的婉约

媚出一片风姿绰约的旖旎

但是 你远远不止这些

当一天疲惫的脚步

在四方街被冲洗

雪山下古城的夜色

霓虹变幻斑斓迷离

披星戴月的纳西人

拉着手围起圈子舞起来
篝火加热了欢快的步子
酒吧溢出朦胧的醉意
溪流映衬着灯红酒绿

多少酒杯在期待
邂逅浪漫的红颜
小桥横斜着高低的平仄
流水吟唱着浓艳的诗意

雪山的剪影起伏
夜幕围合在幽蓝的天边
古城五光十色
古城夜色迷离
高原璀璨的星空下
人们在举杯欢聚

1.5 四方街

街衢和小巷
陆陆续续地到达这里
川流的脚步
汇集在这儿小憩
门前的溪流
浸着雪山的冰爽

店铺比肩

在四围紧张的拥挤

各种方言的絮语

伴着脚步散开

淙淙的水流

冲洗着街边的水渠

四方街

一天的忙碌还没有停息

夜色下的霓虹又悠闲地亮起

玉龙雪山在天边

拉起了帷幕

手鼓的节拍伴着轻轻地吟唱

惆怅的音色在叙说着往昔

高脚杯擎着葡萄残留的深红

咖啡香弥漫着微醺的醉意

四方街

今夜无眠

月色下的浪漫

又在邂逅中开始

1.6 大理

美丽的蝴蝶是你的名片

还有哪儿敢和你比

风
微风把洱海的雾柔柔地弥漫
送来缕缕清爽的潮润
花
浸着清香的云从茶园飘来
人们像蝴蝶一样迷失在花香里
雪
苍山的峰峦染一抹洁白
像古城戴着闪光的银饰
月
双廊的月光下波光粼粼
像蓝孔雀抖动着艳丽的翎羽

何止是风花雪月的浪漫
何止是苍山洱海的旖旎
辉煌的南诏镌刻在山岩上
遥远的大理国写在志书里
三道茶润的山河媚
蝴蝶泉靓的蝶舞起

那遥远的岁月
把一个民族斑驳的图腾纹饰
像阳光的投影

渗入了大山

像雨水的滋润

浸透了土地

因此

这大山的岩石上

有了美丽的图案

那图案里可是储存了

这山水的远古风光

因此

这土地上的花朵

千娇百媚别样艳丽

那艳丽的色彩可是源于

这植物原始的种子

于是

你和这美丽的岩石一样

有了同一个坚硬的名字

------- 大理 ------

1.7 香格里拉

蓝色的月光下

一片宁静 阒无声息

雪山撑开了夜幕的屏风
月亮闪着柔媚的蓝色
在脉脉地注视
香格里拉

地平线消失了
只有雪山 鲜花 湖水
她们来陪伴你
香格里拉

公主神秘地迷失了
要寻觅她的足迹
这里是她迷途的开始
香格里拉

雪山耸起了巍峨
好像要遮掩精彩的片段
反而让人更加好奇
香格里拉

雪线上冰峰银光闪闪
雪线下山坡一片翠绿
贴在山边的云朵
像洁白的哈达随风飘动
香格里拉

水鸟游弋在海子上

这些远方的朋友

牵着白云滑翔

在绿荫里鸣叫嬉戏

香格里拉

当印度洋的季风

把雪峰的银冠轻轻掀起

你就开始了浪漫的花季

遍野的鲜花绚烂争艳

绽放成高原柔媚的靓丽

香格里拉

1.8 写在普达措

对

就是措

这两个措

让我一措再措

啊！美丽的普达措

原生态的高原山巅

嵌着两个纯净的湖泊

结冰的湖面水晶一样剔透

高山松的枝条上
挂着丝丝缕缕的松萝

纯净的天穹下
苍郁的深黛色连绵起伏
山脚的积雪蜿蜒曲折
冰封的弥里塘
周边像镶嵌着洁白的银饰
在湛蓝的碧空下莹莹闪烁

阳光和煦
白云朵朵
冬日的高原长风猎猎

山岭上林涛阵阵
可是山川在和白云互动
草滩上小溪潺潺
可是大深林向碧塔海唱歌

散着松香气的栈道
弯弯曲曲地隐入山间
雪山巍峨
在天边闪着银光
松林高耸
树胡子垂下绿色的牵扯

金色的栈道

迷失在蓝色的山谷

可是和岚雾在氤氲虹霓

啊！这里的美景让我失语

让我不知该怎么说

啊！美丽的普达措

对

就是措

这两个措

让我一措再措

你美得太不像话

我在美丽中备受折磨

让我措在香格里拉

措在高山草甸

不知所措

注：在西藏把湖泊称为措，如著名的纳木措、羊卓雍措、班公措，等等。

1.9 西双版纳

婆娑的椰子树

粗枝大叶地勾勒着

绿色的天际线

澜沧江的碧波
携着清冽的花香
流连地离开美丽的家园

高耸的佛塔
闪着耀眼的金光
古老的寨子
隐现在江流两岸

西双版纳
连绵的群山云蒸霞染
田畴葱茏着彩色的秧苗
珍稀动物在密林中出没
吉祥的孔雀绕着寨子盘旋

西双版纳
歌舞炫着傣家的欢乐
民族的服饰
分外抢眼
奇异的热带水果色香诱人
翡翠珠宝流光溢彩
让人目不暇接
晃得游人眼花缭乱

西双版纳

山脚缠绵着淡雾似的炊烟
寺庙外流连着出家的少年
咚咚的象脚鼓在绿荫下响起
孔雀舞激起了掌声不断

西双版纳
茶马古道的小径
已经被藤蔓遮掩
当年远征军的墓碑
立在山边
那些遥远的故事
已在这片土地上生根开花
栩栩如生的英雄
好像刚刚走过你的眼前

西双版纳
湄公河涌动着澜沧江的波涛
东南亚的客商流连忘返
繁荣和忙碌中有警惕的注视
友好的往来时有严格的边检

西双版纳
祖国的边关
西双版纳
祖国的前沿

西双版纳

祖国陆地的南大门

祖国的热带植物园

高原梯田

是梵高的遗笔
还是毕加索的草图
色彩在相互渗透
田埂的线条多么随意
坝堰的形体生动扭曲
空间在层叠的平面下
错落切割
原始的土地上
原始的山民
用原始的劳作
创作出生机勃勃
现实的超现实巨作

立体凝聚了山的意境
平面映照水的魂魄
恣肆的山魂水魄
也许还有
一个民族的图腾
也许还有
族群标识的纹饰

和古老的族徽
和哈尼人的梦
在红色的土地上
铺展成斑斓的神奇
铺展成一个民族
传承悠久审美
共同的创作意识
把抽象的构图色调
融汇到大自然的山山水水

土地是着色的颜料
调色就牵来一条小河
加一点暖色就用
太阳 秋天 花朵
还有穿着艳丽的彩衣
在田间劳作

加一点冷色就用
月光 夜色 积雨云
用一条江来冲淡调和

朦胧就晕出一层淡雾
还有若隐若现的树林
还有稀疏错落的村舍

用细致的工笔插上秧苗
衬在平静的水面
用金色的稻穗舒展纤细
还有细碎的浮萍
还有田埂边摇曳的花朵

酣畅淋漓就有
风雨交加 雷电闪烁
还有翻耕播种
在泥水中犁耙
还有挥镰收割
收获喜悦和欢乐

四季是布展的背景
晨 昏 雨 雪
是飘逸的印象
啊 一座山就是一个盆景
日 月 云 天 仅仅是
在土地上在山河上调色
高山上的梯田
这是高原上哈尼人
把幻境的光影梦中的色彩
用山河堆叠雕塑
用汗水浸润勾兑出
伟大的创作

我迷失在
这山水光影的幻境里
黄昏下虚实
渐渐的混沌一片
光色慢慢地迷蒙

衔着橄榄枝的鸽子
可是从云层中飞来
夕阳收拢的烂漫光彩
可是涂成了
向日葵的灿烂

三星堆玉器

玉器礼四方
通神用玉璋
雕琢技法精
千年尤泛光
采玉何辛苦
琢磨耗年光
青白红绿黄
五色来八方
可想当时蜀
已经很盛强
不期强秦伐
国脉就此亡
象牙铜玉陶
或祭或陪葬
古城，古蜀，古国
今人，今世，今朝
怪诞的器皿
诡异的文明
神秘的风俗
泛神的信仰

仍如雾里看星

迷迷蒙蒙

淡淡茫茫

考证，推测

论证，猜想

探寻一段湮没的文明

补注曾经迷失的辉煌

注：古蜀国古称华阳国，其历史原来多为民间口头传说，经过三星堆发掘和文物实证，古蜀经历了蚕丛→鱼凫→望帝→开明氏四个朝代后，秦兵入侵，蜀消亡，典籍散失，无以为证。三星堆考古的发现，用大量的实物确凿的证实了长江文明和黄河文明一样，是中华文明的起源之一。使中华文明起源为多源头起源之说得到考古确证。

九寨沟

缤纷的彩叶
覆盖着连绵的山坡
随着海拔的增加
逐渐显出了树木的垂直分布
山坡上是阔叶林
山顶上是针叶林

秋光把林木涂染成
一片斑斓混合的金艳、红色
渲染得秋山如画
醉红了秋意如火
远山的白云映着蓝天
舒展的阳光让人感到眩目
在至纯的天空投射出
高原至纯的灿烂阳光
让人疑惑这里就是
神话中天堂的景色

雪山映衬着针叶林
海子倒映着蓝天白云

太阳下这样的和谐宁静
这样的神奇晶莹

人类的童话也许从这里开始
女娲可曾在此炼石
仙女可曾在此沐浴
亚当和夏娃可曾来过这里

我的心如辽阔的高原
走进九寨沟
流连忘返不愿走
走出九寨沟
灵魂已在长海留

想起九寨沟
翡翠般的海子
絮语般的珍珠流
绚丽烂漫的秋岭晴空
洁白如玉的雪峰山头
如芦苇海的秋荻
总在我的心中飘飞
飘飞的满天白絮纷纷地飘落
如九寨的雪花铺满在我心头

但愿能如一片雪花一滴水

冬天为你扮起银装素裹

夏天为你泛起五彩清波

秋日为你漂染烂漫霜叶

春日为你滋润山花吐火

九寨沟

原始的美，纯净的美

神奇的如走进了梦幻的世界

纵使用尽了千万种想象

难以形容你的韵味

纵使用尽了千万种色彩

也难以把你描绘

啊，九寨

人间的净土

童话的世界

仅仅是一次相见

便总是魂牵梦绕

啊，九寨

心中的圣地

就是走遍了世间的山山水水

才知道只有你

是山水美丽的极致

啊，九寨

多想留在你沟里

作一个的牧羊人

在你的怀抱中

看山岭间云卷云舒

眺望天空上

飞逝的日月星辰

平平淡淡地度过岁月

饱览你的四季景色

黄龙

雪宝顶用超群的海拔
冷艳地俯瞰着
环绕山脚的云层
雪峰像冰棱锥洁白的四面体
苍劲地直刺天穹
岷山的主峰如巨人
傲视着横亘天际的崇山峻岭

当年的王母是否在此宴请过
驾着神骏西巡的西周穆天子
也许宴毕的琼浆玉液
也许用过的珠宝美玉
不经意地汇集在这山间
在雪山脚下幻化成这黄龙奇迹

幻化成这大杯小盘
幻化成仙潭瑶池
幻化成金沙铺地
幻化成五彩的美玉

嵌在蓝天上

嵌在彩林里

嵌在青藏高原上

汇成岷江源头

流出碧水淙淙

黄龙

瑶池遗迹

何处寻访

仙人留下的神迹仙踪

是否在雪山上

是否在蓝天里

是否在黄龙洞

是否已潜形而去

只留下这奇观

让人

不断 赞叹

不断 惊奇

黄龙

天地造化的神奇

山水间的仙境

人世间的瑶池

题西蜀吊脚楼

你可是卓文君
曾在这楼上住
沿街盘了家小酒肆
正对着邛崃路
我喝的壶底儿朝了天
凤求凰已弹得乱了谱
为什么还不见你来当垆
帘外是孤月渡寒云
今夜让我醉梦何处

重庆

你太辣了
满街的麻辣火锅
三伏天的生意还这样火
满桌的红辣椒
辣得你找不到下巴
嘉陵江和扬子江
一齐涌来
也不能把这辣劲吞下

你太热了
不应该叫你火炉
应该叫蒸笼
闷热潮湿像在笼屉里
如果公交车是个
面皮的肉馅包子
也会被蒸熟
如果河卵石是山芋
也会软得能吃

你太潮了

两条江的水气
日夜不停地飘起
铺开云的被子
把你包裹得严严实实
好像登山的手杖也要发芽
是否茶叶桶里也能挤出水滴
也许太阳也到这里
来洗蒸汽浴

你的桥太多了
多得让人叫不出名字
是不是在一片桥头堡中
建成了这个城市

你的船太多了
苏州、绍兴与你没法比
虽然它们是两座水城
在世界都有名气
但那乌篷船
只能在河渠中往来
大江的风浪
它可承受不起
就是威尼斯的游船
也经不起这里的风雨

你的雾太浓了
奔涌在宽阔的江上
翻腾在沟沟渠渠
缠绕在黄桷树的枝头
迷漫在一个潮热的城市
沁润的蓝天失色
朦胧的山川隐匿

好像这迷茫的天地
又回归到了创世混沌的起点
盘古的斧子放在了那儿
快把它劈开
让云雾升腾到蓝天上
让泥沙沉积在川底
让阳光照耀在秀丽的山川
我要再看一看解放碑
到朝天门码头 看
奔腾的大江冲开堆积的群山
滚滚向前涌入遥远的天际
那凌空的彩虹
正横跨在东方奔涌的江面
太阳在彩虹上升起

张家界

喂 你在哪儿哪
我在 张家界
那里的风景怎么样啊
啊 和你说吧
你要是喜欢
西游记的故事
你最好就来这看看
好像那些妖怪
就藏在这里

你要是喜欢封神榜
你必须要来这里
这里就是神仙的领地

阿凡达的幻境
哈利波特的魔力
剑仙传奇里的景色
还有鬼神狐妖
在一起集会的聊斋志异
都远远没法和这儿比

这儿还有
黄石公修行的古寨
还有
诡秘如神的鬼谷子
在峰林中
在洞穴里
留下的遗迹

我现在非常怀疑
是不是漂起诺亚方舟
那场大洪水
把伊甸园冲蚀成了
现在的样子——

小村庄

小村围在小山脚
小溪绕在小村旁
小路傍着小溪转
石板铺在小路上

细雨淋湿了青石板
时光像江南的细雨
冲洗的石板平滑光亮
雨水汇进蜿蜒的小溪
岁月的溪水潺潺流淌
滋润着恬静的小村庄

那一片片翠竹林
可是山峦
涌起的绿波
那一片片油菜花
可是田野
涂抹的阳光

在临街的绣楼上

是否还住着凤冠霞帔
旧式打扮拿着绣球
若有所思的羞怯的姑娘

在古老的祠堂里
西装革履的时髦后辈
祭祀的香火一片兴旺
是谁家的茶坊里
正在忙碌的炒春茶
把山村轻柔的淡雾
染上了缕缕茶香

那缠绵飘忽的江南雨丝
滋润着清秀的江南古村
那水彩般氤氲的小村
诗一样缥缈
弥蒙在我的心上

徽州随记

1.1

小船泊岸

柳荫掩桃红嫣然

山脚浮云带雨

田畴铺菜花一片

池塘装满鼓鼓的蛙声

古宅的瓦檐上

一排燕子在喊喳呢喃

顽皮的孩子打了个水漂

瞬间

鼓噪的蛙儿收声

池塘上涟漪一串

云朵也吓得

飞上了蓝天

1.2

魁星楼铭记着

村庄的家谱

石牌坊雕刻着

往昔的尊荣

山村的日子

在河渠上漫流

家族的裔脉

传承在山岭

起伏的丘陵环绕着小村

村口是一片平坦的山冲

山坡上铺展着

一片片金色的菜花

像满脸灿烂的阳光

舒展着山村

纯真的笑容

写在景德镇

1.1

在近代西方人眼中
只有你能代表中国
甚至连你和中国
名称都混淆不清
你在中国的腹地
瓷器在你的手中
聚土和泥拉坯成形
不知有多少
西方的梦想家
是先看到陶瓷
才开始了解中国
还是先了解中国
然后才知道了陶瓷
你来自于土
脱胎于泥
像涅槃的凤凰
从纯青的炉火中
展开飞翔的双翅
从此你具有了

不死的灵魂

从此你熔炼成

不朽的躯体

1.2

五百年前的夜晚你可是

窑炉紫气照夜明

一千年前的晴空下你可是

满城青烟掩旭日

用最原始的材料

五行中的土、木、水、火、金

用最原始的工艺

捣土、和泥、成坯

塑造出鬼斧神工的外形，

凝聚成天地间美丽的器具

祭红、青花、粉彩、贵妃绿

三春窑炉开

用色彩器型繁衍着文明

千山翠色聚

用传统技艺

昭示着悠久的历史

即景

山间的小路
蜿蜒地伸向远方
路边的山坡
树林和稻谷遍染金黄
山风吹来秋日的阳光
浸润着身心多么舒畅

拐过山脚
现出一汪深蓝的湖水
远山在湖面试镜
白云踏着浪花徜徉
山洼的林中
隐现着稀疏的村舍
雾霭氤氲着青瓦 白墙
这是在人间
还是在天堂
看呐
漫山绚烂的秋叶
缤纷的心醉如狂

过长江的感叹

长江 请不要这样
用这混浊的流水
来改变我对你的印象
不要给自己抹黑
也不要把自己染黄
像刚刚染发的姑娘

长江 也许只有十年
你就成了这个模样
是黄河又改道了吗
把你搅得又浑又黄

长江 你依然是浩浩荡荡
长江 你依然是渺渺茫茫
但不需卷起这么多的泥沙
来染黄你的波浪

你应该还是在我梦中
那条碧波万里的大江

长江 你千万不要
像黄河一样
涌动着一川滞流的
黏稠的泥浆

不需要你在入海口造地
不需要你沉积抬高河床

长江 快流尽你这一川
浑浊的裹着泥沙的黄水
还我万顷碧波清浪

我们还要在你的
怀抱中游泳
我们还要唱那支歌
长江 长江——

题椰子树

横过窄窄的沙滩
像仰卧起坐似的生长
一棵椰子树
植根在沙滩上
倾向在那片松软的黄沙
探身弯向大海
只想多晒一点阳光
多吹一点海风
更亲近涛声
可以抚摸飞起的波浪
扎根在同一片土地
探头瞭望远方
获得一个
没有遮蔽的视野
你就是
这海岸风景的形象

（四）故乡情

一

秋思

天上月明星稀
秋夜微风习习
金菊飘逸着淡淡的清芬
逸散着你的气息
那月下摇曳的花儿
可是你　可是你

庭中月影迷离
泰山的轮廓映在天际
丹桂染香了柔美的夜色
可是你走过了花丛
播下了馨芳刚刚离去
微风拂动的花影可是你

离别才短短的几日
耳畔还萦回着你的话语
悦耳的音色
像吸铁的磁石
心中的底片
是你的倩影依依

心灵的空间只有你在拥挤
已经被你完全占据
怎样才能把你忘记
叫我如何不想你

泉城的黄昏
漾着融融的暖意
斑斓的霓虹
耀着芙蓉花的艳丽
你身着天青色
半透的短袖婵衣
像刚从云端飞下来的
一只蓝色的燕子
细语呢喃着飘逝的青春
衔着我的思绪
飞进了往昔
仿佛一瞬间
就回到了飘逝的昨天
我们可是从那儿
一直就飞到了这里
你叫我如何能够忘记
叫我怎能不想你
怎能不想你

魂牵梦绕是你

往事依稀是你

哪一缕思念

不是你在牵拽

怎样才能逃脱你的魅力

叫我怎样把你忘记

叫我如何不想你

婵娟柔媚的月色啊

可是你

披着天青色的如翼婵衣

在碧空翩翩起舞

泼洒下柔柔的清辉

朦胧着大地

月色啊

柔美的月色

清霜一样

凝结在

我飘满落叶的心底

小城记忆

多少有点伤神
像一片飘舞的黄叶找不到根
那是我们共同的记忆
在那里我们走过了迷茫的青春

心里总有一些感伤
那里曾点燃我们青春的理想
荒野里我们曾植树造林
郊游时我们到过遥远的村庄

提起来是这么向往
一片淡淡的忧愁氤氲在心上
多想相约再回到那里
寻觅我们曾经憧憬的方向

小城的景色是这样的清晰
两山遥峙一川北去
清晨的曙光笼着乳白的雾霭
入夜的星斗连着山上的街市

昨夜我又梦中回到小城
我们一起走进黄昏的街景
仍在顶着满天繁星徜徉
从午夜一直 一直走到黎明

何时再回到熟悉的小城
解开那犹疑内敛的深情
让青春不再标记着遗憾
让生命的脚步重启岁月的航程

并不想

其实

并不想

想你

只是你

总萦回在我的梦中

只是你

总浮现在我的脑际

就像

已经分别了一万年

思想

已凝结成了化石

有固态的形状

有坚硬的实体

燕子啊

我的燕子

其实

并没有想你

只是你

总在意念中徘徊

确实
你已扎根在心里
我不能
揪着心把根拔起
燕子啊
我的燕子

其实
真的很怨你
你用什么法子把我控制
原来咋没有这个本事
燕子啊
我的燕子

其实
真有一点恨你
你为何这般把我折磨
为何你这样虐待自己
燕子啊
我的燕子

确实
心里有点恨你
为什么
要踏过那么多坎坷

为什么
要穿越那些风雨
燕子啊
我的燕子

确实
多少有点恨你
你可是维纳斯的高徒
期许了一个金苹果
却让我在天涯浪迹
燕子啊
我的燕子

本来不想
想你
可是脑子却太不争气
本想把这个想法禁止
可是谁能料到
却让我心疼得要死
燕子啊
我的燕子

本来舍不得恨你
可是确有满腹怨气
让我怎样才能恨你

谁能知道我是我
谁又知道你是你
燕子啊
我的燕子

怎样也放不下你
你可知道我的心痛
怎样也躲不开你
你仿佛是
我灵魂的影子
一直就潜伏在我的心里
燕子啊
我的燕子

是谁
在我的梦中踟蹰
是谁
在我的心海恣肆
是谁
让我这般纠结
是谁
让我如此沉郁
燕子啊
我的燕子

你可是

施了魔法

你可是

念了咒语

让我这样想你

这样怨你

这样恨你

这样疼你

这样舍不得你

让我这样思念你

让我迷失了自己

燕子啊

我的燕子

离别时刻

此刻
好像和死神擦肩而过
在转身的一瞬
苦涩的泪将我淹没
你经过的每一缕风雨
都汇集在我的心上滂沱

此刻
万箭向心而射
每一枝都准确 锋利 难躲
缘来都是我错过
活该受折磨
这世间谁也无法替
心血染泪淌成红水河

此刻
三十年的隐痛全发作
今日才懂我是你你是我
只差一点就要歇斯底里
这样的分别就像锉金锯铁

每一分 每一秒

都飘零着

我们骨肉的碎末

此刻

我的心已被撕破

我的魂已离开了我

不管是在天涯海角

不管要跨越高山大河

我将用心血

洒下路标

要一路追随

不再错过

不再错过

你的故事

倾听着你的声音
说得再多也听不够
就像婉转的百灵
在蓝天上舒展着歌喉

在悦耳的音色里
渐渐有莫名的悲愁
那黑色的噩梦
竟忍心向你伸手

听到了你的奔波
我的心被碾出了车辙
泪水冲不动的心痛
山一样压在了我的心窝

血在淌
泪在流
伤难愈
心颤抖
创伤仿佛现骨肉

你是我心上的公主
这让我怎能忍受
可你竟然能忍
竟然能受

听到你的无奈
真是让人死去活来
为什么这样地不幸
不能由我替你担载

真想在你闲暇时
去看你工作的业绩
看长白山通天的山路
看鸭绿江险峻的岸堤
还有五彩缤纷的秋岭
还有飘满雪花的土地

想领略那山川的险恶
想知道你工作的压力
还有你面对的难题
还有挥刀舞棒的地痞
对你这纤弱的小孩
该是多么不爽的记忆
为什么这沉重的担子
非要由你来负担

为什么偏偏非要压给你

走过了道道山
趟过了条条水
八道沟十道岭
跑断了你的腿

大雪封山你测线路
山洪暴发你运设备
滚石砸车你只身向前
黑白挤压双簧毕现你不后退
在一个男人也退缩的环境里
你竟然挺起腰身不怕苦
你竟然正气压山无所畏

还有山民的感激
还有遍山的野味
还有通车的喜悦
还有成功的陶醉

不要说了
不要说了
这重重困难你是如何应对
再说我心海的堤岸将崩溃
盼着你的声音

但这经历让我心疼
让我难受
让我心碎

不要说了
不要了
娇媚柔弱的宝贝
你怎能受得了这样的罪
难道老天爷也闭眼在昏睡

不要说了
不要说了
你像误入深山的白雪公主
非要在坎坷中来来回回
这世间究竟还有没有错和对

沉默只有双泪垂
煎熬好似入滚水
还想听一点只怕更伤悲
更伤悲

再说一点吧
说一点
留个结尾
我要和你

同泣 同哭 同喜 同悲
我要和你
同忆 同感 同饮 同醉

汲尽鸭绿江水
冲不尽郁闷的沉积
寻遍长白山林海
有什么药能医我
痛穿的心扉

有感

题记：那些青涩的老照片勾起了我对往事的回忆，百感交集惆怅涌来，青春是一本仓促的影像录，题诗记之。

那是我心中
一道从未愈合的创伤
渗出的血滴
汇成我的思想
在伤心的痛楚中
耗散着生命
消磨着时光
浓浓的殷红
结痂成
一片
浸透血色的惆怅

是你

不是别人总是你

在黯淡的日子里
你是彩色的记忆

在痛苦的思念中
岁月一天一天老去
那甜蜜的味道总是你

在酸楚的回味中
总是萦绕着你
时光藤蔓下的青涩
闪耀着秋色的艳丽

在苦思的沉寂中
一直在努力忘却你
但怎么努力也没有效果
越是努力记忆越是清晰
为什么总也无法删去

在涩涩的冥想中

泪滴浸润的滋味是你

清泪冲淡了往昔

叹息在吞咽记忆

青春傲慢的过错

竟然煎熬了一生一世

隐痛

——旧照有感

是缕缕揪心的隐痛
一直无药可医
是夜晚沉醉的梦
黎明也不能唤醒
即使醒来
也恍惚着迷蒙的旧梦
沉迷在梦中飘逝的
美丽的光景

黑夜里做白日梦
冬天里盼着春风
你是梅花傲雪艳
是春雨绵绵杏花红

随记

走了那么远
其实
一直也没有走出
走出你的心间

走了那么久
其实
始终是徘徊在
徘徊在你的窗口

走得那么慢
其实
就怕远离了
远离了你的视线

走得那么累
其实
心上一直浸泡着
浸泡着你伤心的眼泪

写在霜降

慢慢地慢慢地
树叶染成金黄
悄悄地悄悄地
晨露凝成清霜
轻轻地轻轻地
清霜染白了草叶
渐渐地渐渐地
天气转凉
蒙蒙地蒙蒙地
雾霭里现出秋阳

霜降
铺下一片
淡淡的凉爽
霜降
结出一层
薄薄的清霜

一片淡淡的忧愁

一层薄薄的惆怅

抑郁在我的心上

写在冬至

这么长的夜晚
只能是沉睡
这个短短的白昼
为了季节雪花纷飞
黄昏来得早
酒香催人醉
黎明到得迟
雾霭染着夜色
搅在一起不肯退
混混沌沌的天空
迷迷茫茫的山水
在这少白多黑的日子里
为什么这般
让人抑郁
让人踌躇
让人昏昏欲睡
迷雾中橘色的太阳
唤不醒我的迷醉
梦中的星光
挂在最长的夜幕上

光芒璀璨熠熠生辉
在梦中闪烁的身影是谁
浪漫的故事是谁
如诗的往事是谁
烂漫的笑颜是谁
总是萦绕在我迷茫的心扉
让我在梦中
沉睡 沉睡 沉睡
还有 还有
固执中的对对错错
傲慢中的是是非非
那流逝的空白的光阴
那撕心的悔愧
那痛彻肺腑的眼泪
浸泡在我的心中
沉积成太平洋
一样浩瀚深沉的湖水
每一滴都是苦涩的滋味

题枫叶书签

闲来整理书柜，偶尔翻看旧时的讲义课本，书页里夹着一片枫叶。叶子已褪色变成了深褐色，形状依旧，书页已泛黄，回想往事已是三十多年前了，感慨良多。

当年曾见
临霜浓郁红烂漫
惜如春花
册页书乡暂做家

沉迷书卷
暑往寒来神不倦
梦寻故桠
红韵艳胜春桃花

今日再现
锦色年华思无限
回首天涯
犹似秋光一抹霞

惊蛰

知道你在远方
可还是痴痴地守望
有一种不自觉的感觉
有一种难抑制的忧伤
步履蹒跚
心在彷徨
季节刮起了春风
春雷在惊蛰炸响
冬眠的万物沐着春风
浴着阳光
惠风吹醒了沉醉
痴迷的我在迷蒙中
萦回在遥远的梦乡
我不知道 不知道
一旦从梦境苏醒
将会有多少眼泪流淌
只好用那面颊的瀑布
冲洗黑夜的忧伤
把如墨的星空浸泡明亮
在往昔的岁月里

与夜色同在的是

清晰的过往

心灵的天平端着两边

一边是往昔酸甜的回味

一边是未来的伤痛

不知道你的伤口

是否和我的痛苦一样

一边是苦楚划出的伤痕

一边是记忆结晶

凝结成的岩石矿床

雾霾天

北方的长风
驾着严寒
把厚厚的雾霾驱散
又看见了
久违的阳光
晴朗的蓝天
大自然本来的面目
为什么常常是云遮雾掩
像一个阿拉伯姑娘
长纱遮面
不露真颜
我们的家园
怎能没有白云蓝天
我们的土地
怎能让阳光照不到地面
怎能让大片的国土
都隐在混沌的雾霾下
云缠雾绕
烟气弥漫
任人们呼吸着毒氛

让空间朦胧着视线

盼望风

盼望雨

盼望雪

祈盼苍天

把雾霾赶跑

把雾霾驱散

五 随记

白洋淀记行

2015 年 9 月 2 日乘坐由北京到邯郸的红色双层列车到保定。第二天，9 月 3 日；早起赶到安新县白洋淀，在抗日战争中这里是著名的白洋淀游击队抗日根据地，记得原来的小学课本中《小英雄雨来》，还有电影《小兵张嘎》的故事就发生在这里。今天正值抗日战争胜利 70 周年，在北京，中国将举行盛大的抗日战争胜利 70 周年纪念日阅兵仪式。前几天一直是秋雨连绵，昨天夜里天气转晴，清晓的空气清新潮润，弥漫着水乡湖畔特有的水草和泥沼散发出的气味，也许是老天的眷顾，几天的雨水把天空清洗的清澈碧蓝，一望无际的蓝天上白云朵朵，浩渺的湖淀上，荷花、芦苇、树丛一派水乡风光。到芦苇荡，到荷花淀，到嘎子村，乘村民的旅游小木船游览了原生态的白洋淀；感触颇多写诗记之。

1.1 西望太行

由北京到邯郸
红色的双层列车
疾驰在京广线上
并列前行的太行山
奔涌在右侧的车窗外
像威严高耸的巍峨屏障

壁立千仞叠嶂回峦
像巨龙隆起的脊梁
背负华夏俯瞰着中原

秋日的天空
清澈 碧蓝 高远
夕阳映照在太行山上
逆光望去
山的剪影突兀 挺拔 伟岸
像背着刀枪默默行进的威武铁流
连绵不断奔涌向前

火烧云渲染着起伏的山巅
可是抗战的烽火又点燃
红彤彤的晚霞映天边
可是太行山上
抗日将士血祭的战旗
在浩荡的秋风中猎猎地翻卷

在京广线上
列车呼啸疾驰向南
在这片红色土地上
曾笼罩了多少战火硝烟

列车好像驶进了

穿越时空的悠长隧道

往昔的峥嵘岁月

又一幕幕浮现在眼前

1.2 燕赵大地

此地别燕丹，壮士发冲冠。

昔时人已没，今日水犹寒。——唐 骆宾王

燕赵大地

千里沃野

背负着巍峨的太行

怀抱着浩瀚的大海

瞩望遥远的东方天际

慷慨悲歌 豪侠雄悍

在这里

曾经

李牧破胡逐塞外

荆轲高歌易水寒

抗日勇士飞身在狼牙山

遍地英雄

气壮山河

星汉灿烂

你看啊 你看
太行山的岩石上
镌刻着烈火金刚的英雄谱
桑干河映照着
战火腾起的烈焰
冉庄的地道
埋伏着百万神兵
雁翎队神出鬼没
像鱼儿畅游在白洋淀

好像又回到了
七十年前
山河破碎 炮火连天

太行山对日寇
筑起威严的铜墙铁壁
渤海湾对鬼子
汹涌着愤怒的狂澜

青纱帐
在大平原上织就了
围困侵略者的天罗地网
起伏的山岭上燃起
驱除敌寇的愤怒烈焰

滹沱河回荡着
大刀队杀敌的号声
燕赵的土地上到处是
侵略者自取灭亡的仇恨深渊

燕赵大地
风光无限
在博物馆里
殷红的旗帜
凝着斑斑的血渍

燕赵大地
铁壁雄关
古城墙的弹孔里
还残留着斑驳的弹片

1.3 荷花淀

白洋淀的碧波
波翻浪卷
云朵在水上漂浮
蓝天在浪花上铺展

白洋淀的荷叶

莲叶田田
一望无际
绿染地平线

白洋淀的荷花
纤尘不染
秋色里绽放的红颜
映红了清澈的水面

白洋淀的秋色旖旎
映衬着太行的巍峨雄悍

荷叶撑起的绿伞下
是否还有
儿童团警惕的目光在注视

挺立的莲蓬边
是否还有
亮闪闪的红缨枪在陪伴

水淀上嬉闹的孩子
可是在重复着
小兵张嘎的往事

载满游人的小船

还巡游在雁翎队
当年歼灭日寇的出击路线

富庶的鱼米之乡
曾被日寇摧残的满目疮痍
美丽的山水家园
曾被践踏成遍野断壁残垣

坚壁清野 焦土抗战
不屈的人民在家园上
燃起了杀敌的硝烟
每一片土地都铺设着歼敌的陷阱
每一座山岩都耸立起愤怒的威严
每一汪水淀都汇集成仇恨的深渊

七十年前的硝烟
虽已散去
但是
历史的回声并不遥远

在这里
英雄们用生命谱写的战歌
一直激荡在我们的血脉中
英雄们用血肉筑成的往事
仿佛就发生在昨天

1.4 浮萍苇丛

在白洋淀的一些河渠上，水面上生长着细碎的绿色浮萍，在个别的河段上，浮萍盖住了水面，当地的村民用纱网捞起可以做饲料。在河渠间绿色的芦苇高可没人、密不透风！置身在茂密的苇丛里，仿佛你已经融入了无边的绿色，就像这淀上的一丛芦苇、水面上的一片浮萍。

水面上布满
细碎的浮萍
河渠像绿色的通廊
在芦苇荡中穿行

清风吹拂着高高的苇丛
绿叶摇曳像琴弦淙淙
浮萍上水波不兴一片宁静

小船从河渠上驶过
被冲开的绿色又马上合拢
浮萍密布掩盖了行踪

啊 绿色的浮萍
没有荷花的靓丽
没有苇丛的高耸
小小的叶片似乎无足轻重

可就是这样啊 就是这样
把水淀铺成一片绿色
把河渠变成遍地迷宫

可记得当年
在战火中
儿童团潜伏在水面下
武工队隐蔽在苇丛中

这绿色就像
这里不屈的人民
这绿色就像
万千杀敌的百姓
植根在平原上
繁衍在沼泽中
在家园里无比茂盛一片葱茏

“野火烧不尽
春风吹又生”

此刻
天安门广场上正在阅兵
好像从这里走出去的老战士
又行进在威武的队列中

他们的军装上

还染着这里的绿色

他们的绶带上

还挂着那时的光荣

是啊 是他们

就是他们啊

这里好像又闪现着

他们当年矫健的身影

在青纱帐 在河渠上

在苇丛里 在沼泽中

在这片英雄的土地上

展开了歼灭日寇的人民战争

过沂源（牛郎织女传说的源起地）

绿色的山坡
环绕着赭黄色的山冈
山崮像筑起的城堡
矗立在山巅上
遍野的树林中
坠着诱人的苹果
空气里飘散着清甜的芳香
这里就是沂源人的故乡

牛郎织女的传说
发源于这片土地
在遥远的远古
他们曾经
在这里的山水中劳作

在那一座山上
还有她们栽种的苹果
在那一段河岸
还有他们渔猎的工具
他们的遗迹

收藏在崮壁的山洞
已经凝固成了化石

浪漫的故事
流淌成天上闪亮的银河
在我们的梦中掀起浪波
他们的形象
嵌在银河两岸
是熠熠闪光对望的星座

永远的对望
穿过天空的银河
穿过地上的大河
穿过心的隔阂
用纯朴的挚爱
望断古今
望断天地
望穿世间的阻隔

黄河口印象

大堤牵着夕阳
像一束凝固的阳光
从天边直铺过来
黏稠的河水平静地
涌成一条波光粼粼的
浮动的金色绸带
缓缓地流连在宽阔的河床

后浪是故土
前浪是大海
冰川、雪峰、戈壁、瀚海
高原、平川、城市、村寨
一路蜿蜒、一路留恋
一路奔波地走来

到了前方
向哪里流淌
到了前方
将失去这片土地
赋予的你的染色体

沉浸成的色彩
那是一片纯净的碧蓝
身边是红色的草滩
金色的芦苇在岸边
绚着银色的穗子舞动
像欢迎一队疲惫的
马拉松健儿到来

平展的大地上
涌动着金色的苇海
像是莽莽昆仑的梦
萦回在九州山川
淘洗成五色土
积淀出华夏本真的色彩
在广阔的三角洲
在这明媚的秋季
在浩荡的天地间铺展开 铺展开

寿光国际蔬菜科技博览会

1.1

番茄长成林

地瓜接上天

厨中平常菜

此处成景观

1.2

茄子分五色

丝瓜两米长

一个四百斤

请看南瓜王

1.3

郁金香排比争艳

蝴蝶兰攀爬山岩

薰衣草飘扬蕙风

牡丹园七彩斑斓

1.4

农业农艺农机展

农药农肥农资全
农村两年作知青
对农无知实汗颜

1.5

种地不用锄和铲
阳光房里四季暖
塑料管中育秧苗
钢棚架上爬藤蔓
月月都看春花开
天天获得秋收产
巧夺天工调四季
九州餐桌更丰满

1.6

大棚技术源寿光
实用简单易推广
今日实现产业化
庄稼入住阳光房
调温调光调湿度
控风控水控营养
禾本藤本同添翠
花果瓜菜共一堂
游人络绎频称奇
奇花异卉供观赏

神农到此也应赞

笑把天下百草尝

一位猝然离去的同事

昨天还在一起
你端着茶杯
开着玩笑
吸着烟

今天就成了
一张照片
一张黑白照片
一张白纸
一张 A4 白纸
白纸黑字
是你的一生
你的一辈子

在春天里独自西行
正好赶上了花季
纵然景色美丽
也走得仓促
走得太急

西方真是太远了
那里只要灵魂
不要肉体

头上的蓝天太高了
要想轻松地上去
只能腾成烟云
把重量抛弃

脚下的土地太深了
人们都要回到那里
像云游世界的人
早晚都要回到故居

夕阳每天都落下
朝阳每天都升起

现在的雾霾太重了
此刻 我知道
夕阳正在下山
但是 西天看不到晚霞
光明缓缓地黯淡湮去

看陈晓旭视频

红学家曾说
一万个人心中
有一万个林黛玉
审美的多样性
美的标准
美的层次因人而异

自从你走进大观园
入住潇湘馆
所有
中国人的心里
只有
一个林黛玉

是不是她的真魂
又借着你的躯体
托生转世

她的风采
她的气质

她的美丽

她的争强好胜

她的多愁善感

她的聪慧

她的任性

她的尖刻

她的酸气

你们是这样拟合

神形如一

无法分离

陈晓旭——林黛玉

断流的黄河

黄河在济南城北
泺口高高的长堤
沿着河流凸起
春天 正是农忙播种时
黄河 你却断了水
干旱在煎熬着黄河两岸
春天焦渴的土地

黄河之水天上来
奔流到海不复回
这是千古传诵的诗句
黄河 在春天播种时
你却断流了

在干涸的河底
细细的沙尘被风卷起
几条跨过河底的小径
有人在南来北去

过黄河竟然不用船

浮桥 躺在堤上
已没了往日的神气
只有无奈的叹息

过河的女人
用纱巾将头包住
像是走在一片沙漠里

黄河 在济南城北
在春天播种时
你坦裸着土黄色的河底
你是我们的母亲河呵
现在你却断了乳汁

黄河 在济南城北
在最缺水时你却断流了
还不如一条山间的小溪
它还能四季不断
泉声汩汩

可你现在的河床上
只有风在涌动
把河底干细的黄沙卷起

黄河 你也要成为

一条季节河吗
难道你也要成为沙尘的发源地

一条大河波浪宽
那歌中唱的可是你
断流的黄河
空躺在大地上
那样沧桑 那样无奈
那样的悲哀 那样的沉寂
像一个欲哭无泪的老人
满是皱纹的脸上
看不到泪滴

黄河 在济南城北
可是 你已断流多时
你空旷裸坦的河床
有几条小路穿过河去
有人在推着自行车
在小路上南来北去

我想起冼星海音符中的黄河
我想起吟诵你的奔放的唐诗

没有水的黄河
河床上一片荒凉死寂

像被风干成了木乃伊
没有一点生气

黄河 你干得让人窒息
黄河 盼着你的流水
快点流到这里
用浑浊的浪花
尽情地拍打着岸堤
黄河 再也不要让人
看到你坦裸着的干涸的河底

断流的黄河
像写出一个惊叹号
没了最后一点
它让我们惊醒
它留下严峻的启示

面对着无水的黄河
我深深地陷入了沉思
是气候减少了降水
还是我们激怒了天气
大自然对人类活动的报复
真就这么及时

昆仑山的雪线还在升高吗

鄂陵湖

扎陵湖

像两颗不肯流淌的泪滴

为断流的黄河哭泣

赶海

大海开始退潮了
晨雾还未散去
海潮已渐渐地退远
海风轻轻地吹过来
送来了潮润的凉爽
还沾着大海的腥咸

起来吧
海潮在召唤
海水正越退越浅
快来吧
海滩在向大海伸展
到海边去
走向那平展的沙滩
看浪花给我们留下的礼物
到岩石上
登上浮出海面的礁盘
看那鱼儿在水坑中蹦跳
蟹子在石缝中乱钻

提上你的水桶
装满快乐的晨光
背上你的竹篮
收下大海的留念

快攀上那刚刚露出海面的礁石
退潮时它才能露面
呵 这里的蟹子多得忙成一片
快来捉呀
晚了它们又要逃窜

日照渔村

渔船已拖上了海堤
只好望洋兴叹
大海也要休养生息
现在是夏天
刚刚进入休渔时期
可渔村并没有休闲
旅游给他们
带来了繁忙的生意

村舍改成了客栈
伙房里摆满了海鲜
大人与游人同宿同吃
孩子与孩子同玩同戏

占尽天时
入夜
月亮拉起潮汐伴你入梦
早晨
太阳初升最先照到这里
享尽地利

涨潮的浪花把你溅湿
留下大海的亲吻
落潮的海滩蹦着虾蟹
献上大海的赠礼

邻舍间非亲即故
一起玩的都像是兄弟
宾至如归
就像到了一个亲戚家
一切都很熟
什么事都很随意
待人诚挚
好像我们一直都相识
只是短暂别离后
又在这里相聚

在渔村
海风吹来腥咸入饭也鲜
在渔家
海浪打起节拍入梦也迷
在岸边
望着大海潮起潮落
感受着大海的呼吸
在海中
任凭天上忽云忽雨

静悟天地间的真谛

宁静闲适的渔村
依然是在和睦
悠然随意的日子里
兴旺繁忙的渔家
好像是天天都在操办
盛宴亲朋相聚的酒席
待到休渔结束时
要和渔家乘着小船
到大海里中
到风浪里

台风

你的名字还有很多
台风 飓风 气旋
每一个都很威猛
是威力巨大的
热带海洋生物
无边的太平洋
是你的家
从你诞生那一刻起
就搅扰得天地不宁
从不隐匿自己的行踪
不管到了哪里
都要留下一片狼藉
在巨浪中游泳
在暴雨中沐浴
在破坏中玩耍
在狂风中呼吸
不属于陆地
但对陆地
总是万分好奇
也许你也渴望着

进化成为两栖

一旦登陆

就疯狂不止

暴躁得没有片刻宁静

在哪里都不受欢迎

折腾完了

也就结束了

你狂暴的生命

再回到太平洋

已没有一点力气

只能让风

喘出无奈的叹息

只好让雨

把梦洗涤

用江河收拢破碎的梦

重新在大海里汇集

在太平洋里

又一个台风在孕育

听 电视上

又预告了你的消息

人们都在关注着

你的路线图

你的行踪

泰戈尔

如果我们相遇
在德干高原
如同见到一个老人
像个占卜师
像个得道高僧
谁能认得出你
好奇的只是
你睿智的双眼
花白蓬松的大胡子

如果我们相遇
在恒河岸边
如同见到一个晨浴的老人
猜不出你是一个婆罗门
还是一个刹帝利
只是一个晨浴的老人
蓄着长长的大胡子

如果我们相遇
在孟买的海滩

就像遇见一个
在海边沉思的老人
用深邃的双眼
注视着遥远的天际

你可是来自
城里的神庙
像一尊神祇
走出孤寂的神殿
来到众生云集的人间
让海风飘扬起
长长的洁白的银须

桃花节

一场春雨过后
树木点染了红色
花蕾像是闪闪的星火
粘在枝条上
几缕春风吹来
树木燃起了火
果园燃起了火
旷野上一片热烈
山野间一片红色
火苗在枝条闪烁

憋了整整一个冬天
大地被白色的帷幔包裹
北风肆意地吟唱
雪花尽情地舞蹈
天空冷得瑟瑟

春风吹过
候鸟衔来太阳的种子
冻僵的小河荡起清波

浪花点燃了桃花
枝条在燃烧
一棵棵桃树
像大地举起的火炬
把春天照耀得一片红火
桃之夭夭
其华灼灼

一阵春风吹过
桃花点燃了春天的火
心绪风飏到天边
人面桃花红似火

坝上初雪

秋色风干成枯黄的草甸
秋光沉浸在起伏的山川
结晶成这片多沙的土壤
冬日的风掠过空旷的坝上
干冽的严寒扫过一片荒凉

雪花飘落到坝上
一片晶莹涂染着晚秋残留的枯黄
给苍茫的原野抹上季节的颜色
在一幅无边的宣纸上
风雪铺展开无垠的北国风光

横七竖八的木格栅
在土地上围出了不规则的边框
空寂的围栏积雪闪着银光
羊群穿着绒衣拥过栏外的夹道
冬日的草场上雪花飞扬

蒙古马用蹄子在雪地刨着枯草
飘光了叶子的大树在风中吟唱

在起伏的旷野里
坚持着孤寂
挺立着倔强
树立起苍劲的形象

坝上初雪
拓展了山川的深远
坝上初雪
衬托着寒冬的空旷
坝上初雪
涂抹着山坡旖旎涌动的曲面
坝上初雪
镶嵌出小河蜿蜒晶莹的流向

看呐 旭日冉冉
给天空洒满了金光
小村庄的屋顶
积雪铺成了菱形的块状
树木的影子拖得老长老长
投照在平展纯净的雪野上

袅袅的炊烟在晨光中轻轻飘散
淡淡的雾霭朦胧着阳光
多少温暖的乡情在弥漫
蹒跚的思念踏出深深浅浅的脚印

可是不舍的依恋在徜徉
坡地上曲曲弯弯的小径
像初雪飘下的冬天诗行
印在银色的坝上

流连在这晨光中的山冈
心绪的惆怅融进了苍茫
我的心像一片雪花
在阳光下飘扬 飘扬
飘舞在天空中
飘舞在山川上
飘落在广袤的家乡